Byd Natur

Luned Aaron

I fy nain, Grace Roberts,
ar ei chanfed pen-blwydd.
Diolch iddi am fy annog i ryfeddu
at y byd o'm cwmpas.

Argraffiad cyntaf: 2018
ⓗ testun a lluniau: Luned Aaron 2018
Dylunio: Eleri Owen

Cyhoeddwyd gyda chymorth Cyngor Llyfrau Cymru

Rhif llyfr rhyngwladol: 978-1-84527-638-6

www.carreg-gwalch.com

coch

oren

melyn

gwyrdd

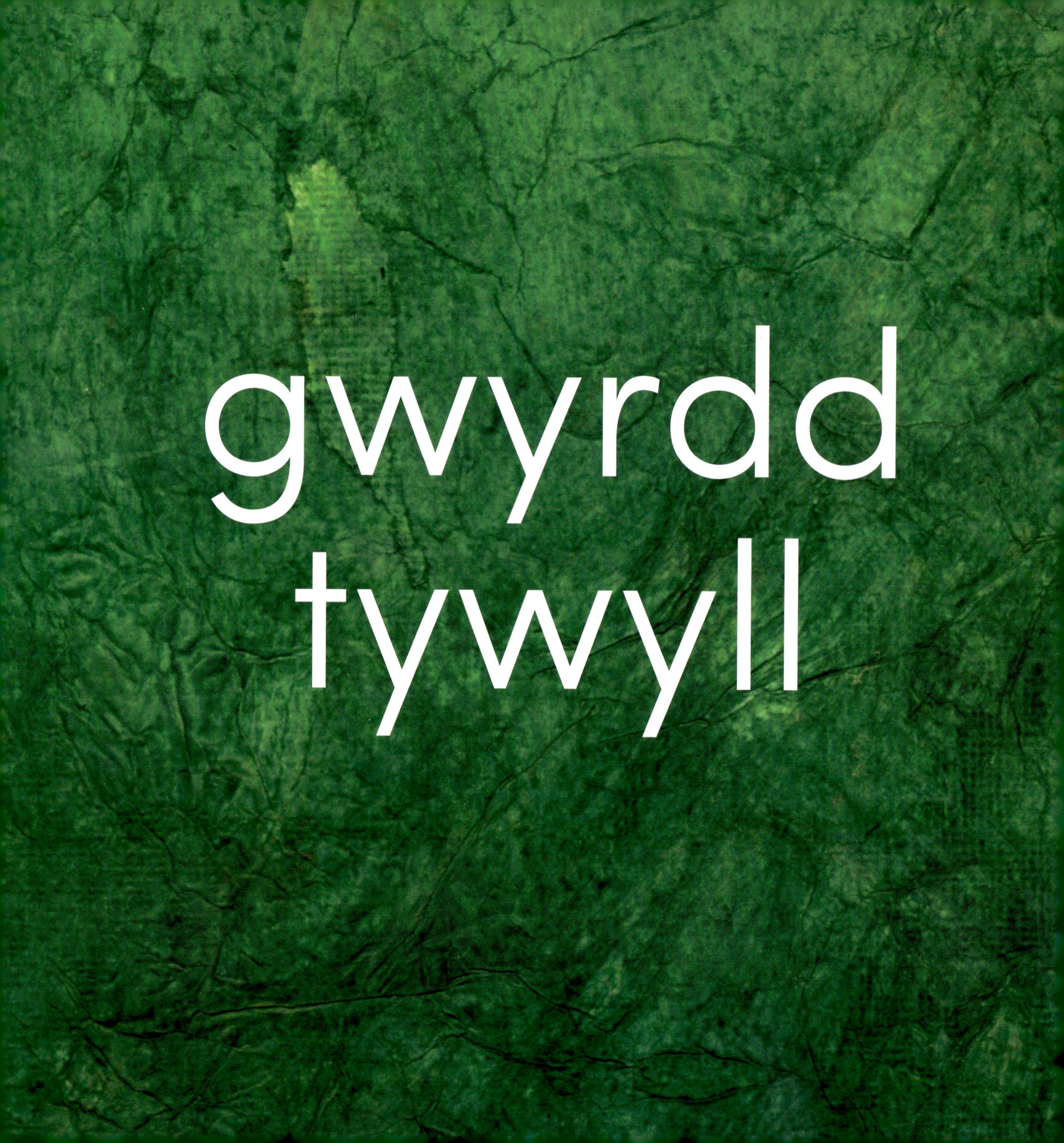
gwyrdd
tywyll

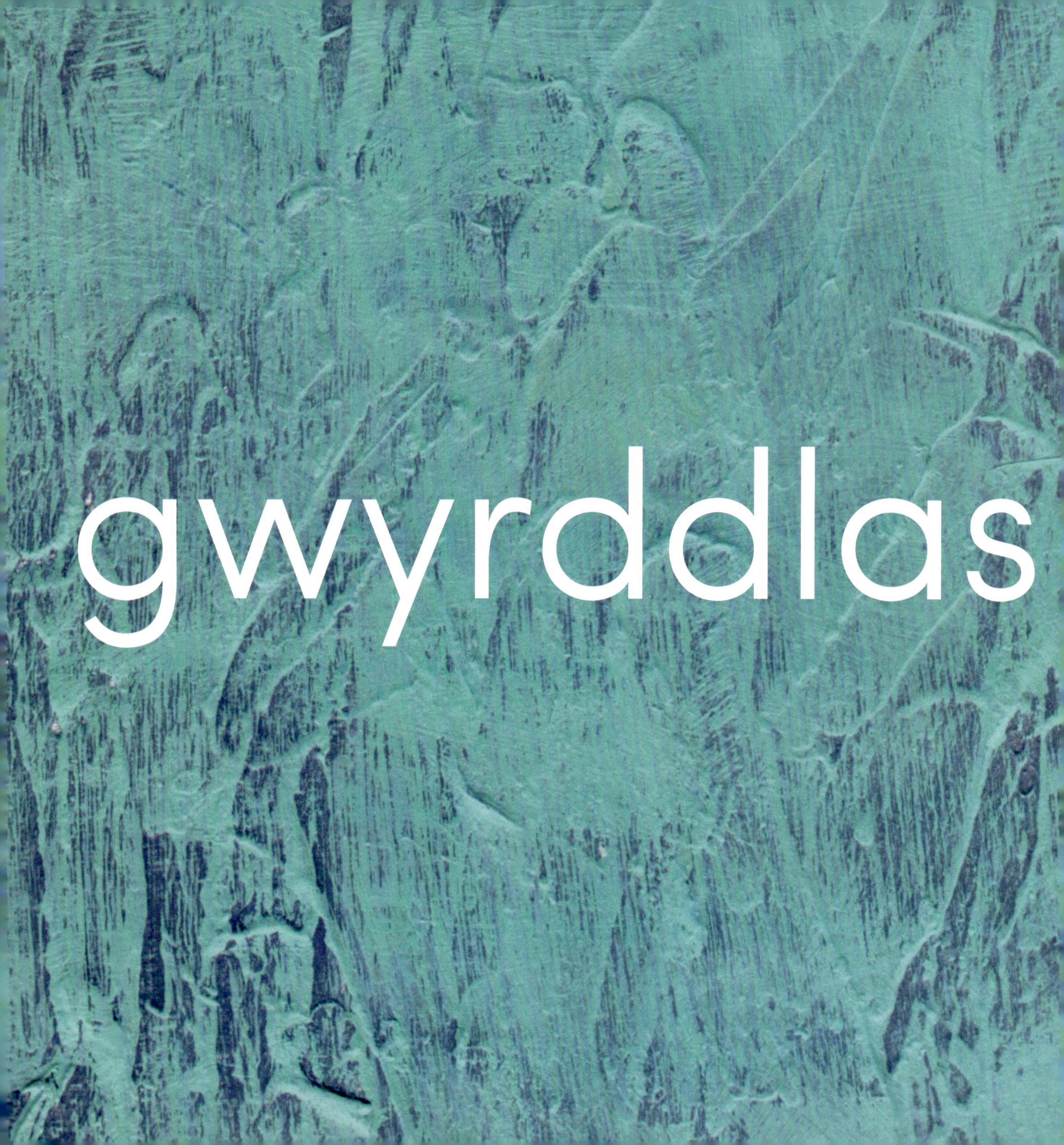
gwyrddlas

glas

glas
tywyll

porffor

pinc

gwyn

llwyd

du

brown

arian

aur

amryliw

cuddliw

smotiog

troellog

streipiog

du a gwyn

enfys

Lliwiau Byd Natur   Nature Colours

coch
red

oren
orange

melyn
yellow

gwyrdd
green

gwyrdd tywyll
dark green

gwyrddlas
turquoise

glas
blue

glas tywyll
dark blue

porffor
purple

pinc
pink

gwyn
white

llwyd
grey

du
black

brown
brown

arian
silver

aur
gold

amryliw
multicoloured

cuddliw
camouflage

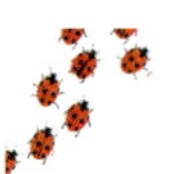
smotiog
spotty

troellog
swirly

streipiog
stripy

du a gwyn
black and white

enfys
rainbow